SUPER DWEEP

❸ 진짜 앤디 vs. 가짜 앤디

제스 브래들리 글·그림

영국 출신의 삽화가이자 캐릭터 디자이너입니다.

제스 브래들리는 80년 이상의 역사를 가진 세계적인 어린이 만화 잡지에 글과 그림을 실었으며,

2021년에는 작품『이것저것들의 하루』가 영국 BBC 블루피터 북 논픽션 수상작으로 선정되었습니다.

그린 책으로『이것저것들의 하루: 똥, 말미잘 그리고 화산의 하루』, 『이것저것들의 하루 2: 바퀴, 파라오 그리고 매머드의 하루』,

『하루에 한 장 상상력 만화 그리기 노트』, 쓰고 그린 책으로『슈퍼 드윕 1: 마법 연필을 지켜라!』,

『슈퍼 드윕 2: 엉덩이를 지워라!』 등이 있습니다.

김민영 옮김

아이들에게 영어를 가르치는 매일이, 그림책을 통해 내 소중한 아이와 함께 자랄 수 있었던 매일이 즐거웠습니다.

지금은 좋은 책들을 만나 우리말로 옮기며 매일을 즐겁게 살고 있습니다.

옮긴 책으로『슈퍼 드윕 1: 마법 연필을 지켜라!』, 『슈퍼 드윕 2: 엉덩이를 지워라!』가 있습니다.

Super Dweeb v. the Evil Doodler

by Jess Bradley

Copyright © Arcturus Holdings Limited

www.arcturuspublishing.com

All rights reserved.

Korean translation copyright © 2022 Girin Media

Korean translation rights are arranged with Arcturus Publishing Limited through AMO Agency.

이 책의 한국어판 저작권은 AMO에이전시를 통해 저작권자와 독점 계약한 기린미디어에 있습니다.

저작권법에 의해 한국 내에서 보호를 받는 저작물이므로 무단 전재와 무단 복제를 금합니다.

슈퍼 드윕 ③ 진짜 앤디 vs. 가짜 앤디

초판 1쇄 발행 2022년 11월 25일

글·그림 제스 브래들리 | **옮김** 김민영

펴낸이 홍성우 | **책임 편집** 스튜디오 플롯 | **디자인** 꽁디자인

펴낸곳 기린미디어 | **등록** 2016년 4월 26일 제 409-2016-000009호

제조국 대한민국 | **주소** 경기도 김포시 모담공원로 17 | **사용연령** 8세 이상

전화 0505-302-2381 | **팩스** 0505-300-2381 | **전자우편** girinmedia@daum.net

ISBN 979-11-92340-27-2 74840
      979-11-92340-04-3 74840(세트)

※ 책값은 뒤표지에 표시되어 있습니다.

※ 파본이나 잘못된 책은 구입하신 곳에서 바꿔드립니다.

※ 종이에 베이거나 긁히지 않도록 조심하세요. 책 모서리가 날카로우니 던지거나 떨어뜨리지 마세요.

마법 연필에는 무시무시한 힘이 하나 더 숨겨져 있어.
너도 곧 알게 될 거야. 놀라지 마….

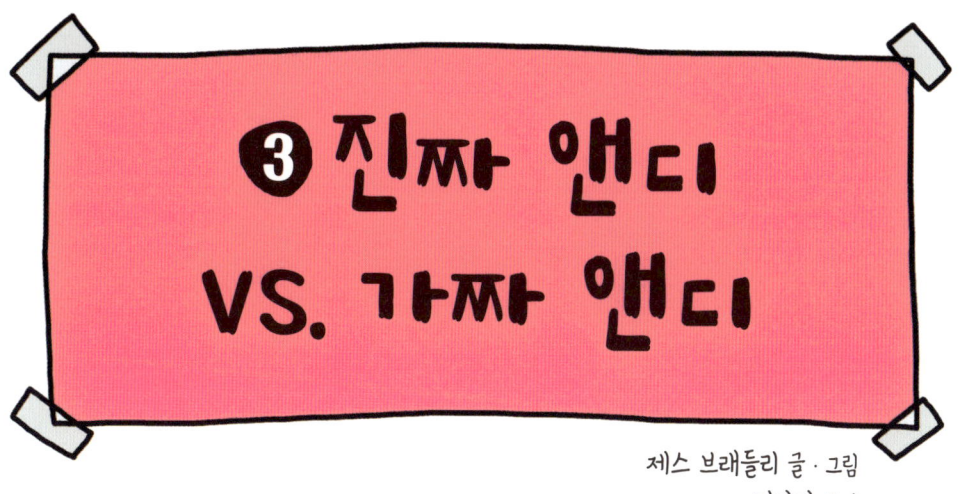

❸ 진짜 앤디 VS. 가짜 앤디

제스 브래들리 글·그림
김민영 옮김

힝?

⭐ 차례 ⭐

등장인물

 **앤디** 조금 어설퍼 보이지만, 비밀 슈퍼 히어로!
멋짐 점수: 멋진 걸로는 최고!

 **모나** 앤디의 가장 친한 친구이자 천재 과학자.
멋짐 점수: 10점 만점에 11점!

 **오스카** 앤디의 성가신 남동생.
멋짐 점수: 별로?

 **못된 마이크** 앤디가 다니는 학교의 악당.
멋짐 점수: 멋짐이라고는 찾아볼 수 없음.

 **마법 연필** 그림을 살아 움직이게 하는 방사능 연필.
멋짐 점수: 측정 불가능.

1. 슈퍼 드윕의 인기

안녕! 내 이름은 **앤디**야. 어떤 애들은 날 '**괴짜**'라고도 불러.
내가 종일 만화만 그리고 넥타이를 매고 다니기 때문이래.

자, 이게
나야!

방사능 섬으로 현장 학습을 갔을 때,
내 연필은

방사능 방출

'플루토늄'이라는 물질에 오염되고 말았어!

평범한 보통 연필!

내 마법 연필!

마법 연필은 엄청나게 커졌고
마법 연필로 그린 그림은
모두 **살아 움직였어.**

모든 게 완벽했어. 내 동생이
미쳐 날뛰는 괴물을 그리기 전까지는 말이야.

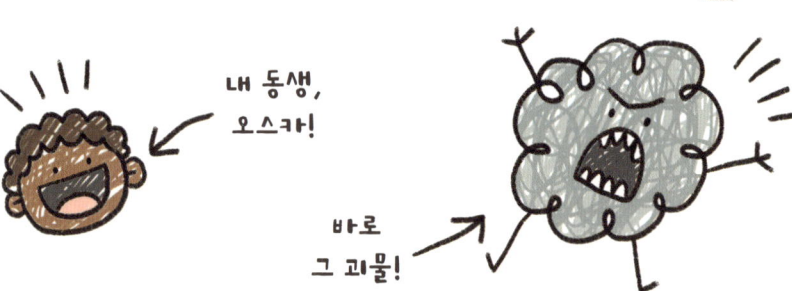

내 동생,
오스카!

바로
그 괴물!

나는 내 친구 <u>모나</u>가 만들어 준 슈퍼 히어로 슈트를 입고 괴물과 싸웠어.
물론 내가 이겼고 말이야!

모나!

똑똑한 모나를 알아본
비밀 연구소 S.S.C.R.A.M.에서는
모나에게 비밀 요원이 되길 권유했어.

모나가 수상한 그들을
감시할 수 있으니 잘된 일이었지.
그 연구소의 과학자가
엉덩 지우개 박사로 변해서
<u>**최악의 악당**</u>이 됐었거든.

(아, 이야기가 길어….)

하지만 우린 실험실에 있던
원숭이, 콧물이를 구하고
엉덩 지우개 박사도 물리쳤지!
그리고 그 일로 오스카는
내 조수, **크레용 병정**이 됐고!

좋아, 이제 그동안 무슨 일들이 있었는지 알겠지?
그럼 이제 다음 장으로 넘겨 봐!
멋진 슈퍼 히어로 이야기가 널 기다리고 있어!

삐릿삐릿! 짜잔! 뽕뽕!

곧 개봉! **감마 가이즈: 극장판**

"앤디!" 스퀴브 선생님이 소리쳤어.
수업은 안 듣고 공상에 빠져 있던 나는
그제야 번쩍 정신이 들었어.

너도 잘 알겠지만,
내가 감마 가이즈를 무척 좋아하잖아.

"앤디! '오아시스'에 대해
어떻게 생각하는지 물었잖니.
모두 네 대답을 기다리고 있어!"

반 친구들 ➜ 기다린 적 없는데요….

"죄송해요, 선생님. 사실은 **감마 가이즈**
예고편이 곧 있으면 드디어 공개되거든요.
도저히 수업에 집중이 안 돼요!"

어휴! 자, 그럼 지난번에 말했던 3D 프린트 숙제를 같이할 짝부터 정하자.

모나는 오늘 연구소에 가느라 학교에 안 나왔는데. 이러다 혹시 마이크랑 짝이 되면⋯.

앤디랑 마이크!

안 돼!

못된 마이크는 정말 최악이야! 걔 1학년 때부터 내 인생의 골칫거리였어!

* 버릇없고.
* 건방지고.
* 짜증 나지만,
* 바이올린 연주 하나는 기막히게 잘하긴 해.

모나 없는 학교는 정말 끔찍해!

이번 숙제 주제는⋯.

에잇, 하필!

바로 '영웅'이다! 자신만의 영웅을 3D 모형으로 만들도록!

감마 가이즈!

오호!

"너희도 알다시피, 꼭 망토를 둘러야 영웅인 건
아니란다. 멀리서 찾지 말고 가까운 주변에서
찾아보는 건 어떨까?
예를 들자면, 훌륭한 **선생님**이라든지…."

난 스퀴브 선생님의 말이 전혀 귀에 들어오지 않았어.
내가 누군가의 <u>영웅</u>이 되다니!
정말 멋지지 않아?

하필 못된 마이크의 영웅이라는 게 좀 아쉽긴 하지만,
어쨌든 기분은 정말 좋아!

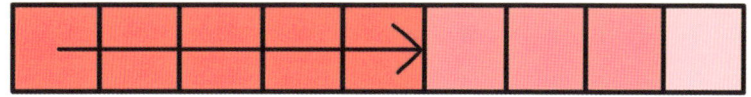

자아도취 측정기

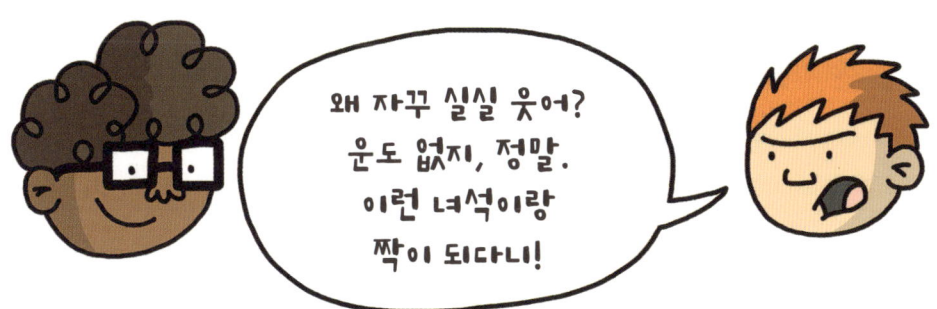

왜 자꾸 실실 웃어?
운도 없지, 정말.
이런 녀석이랑
짝이 되다니!

난 그저 모나에게 빨리 자랑하고 싶었어.
이번 **숙제의 주제가** 바로 나, 슈퍼 드윕이라고!
하지만 이건 어디까지나 학교 숙제일 뿐, 진짜 멋진 건….

비밀 정보 요원! 바로 모나야!

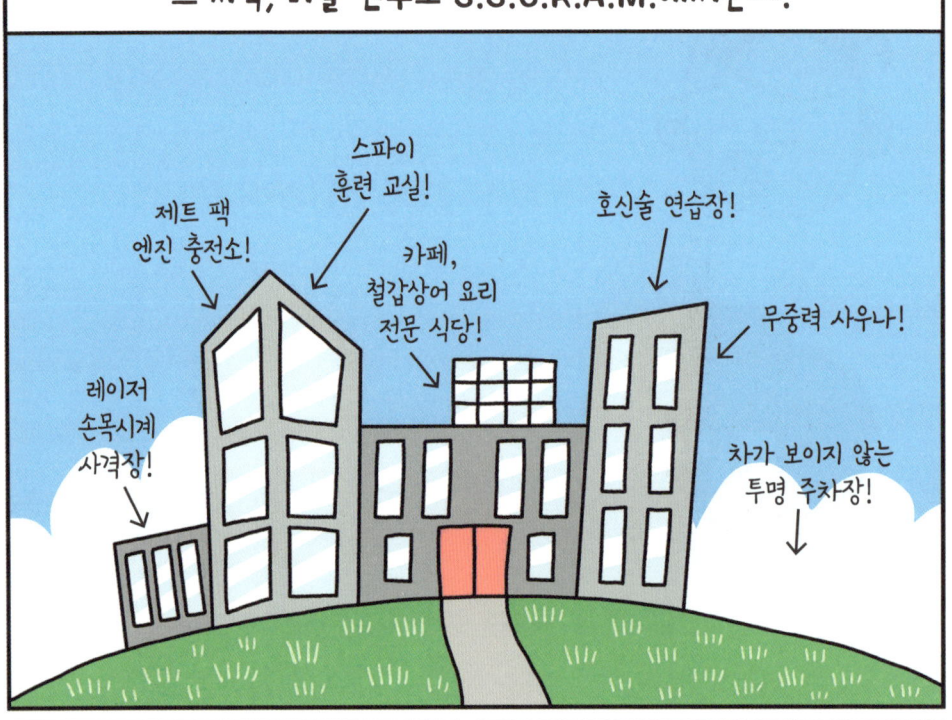

제트 팩
엔진 충전소!

스파이
훈련 교실!

카페,
철갑상어 요리
전문 식당!

호신술 연습장!

무중력 사우나!

레이저
손목시계
사격장!

차가 보이지 않는
투명 주차장!

S.S.C.R.A.M.에서
스카우트 제안을 받았을 때만 해도
멋지고 신나는 일을 하게 될 줄 알았어.

이렇게 온종일 복사만 하게 될 줄이야!

어휴, 너무 굴욕적이야!

커피 드론이 나보다 더
중요한 일을 하는 것 같다니까!

삐빅!

위잉위잉!

12

참, 이번 숙제의 주제가 먼지 알아?

내가 졌어. 포기….

바로 나야! 슈퍼 드윕! 주제가 '영웅'이라고!

그래서?

내가 3D 모형으로 만들어진다는 말씀이지!

내 생각엔 좋을 게 없을 것 같은데!

난 영웅으로 인정받는 게 뿌듯할 뿐이야, 그게 다라고!

형 진정하고, 이제 형 순서야!

우끼끼! 우끼끼! 훌쩍!

천재 원숭이, 콧물이!

최고로 멋진 강아지, 감자!

콧물이가 형한테 잘난 척 좀 그만하라고 전해 달래!

야, 내가 아는데 저 말은 치즈 그림 좀 더 그려 달라는 거야.

2. 앤디가 너무 많아!

"치즈 이야기가 나와서 말인데, <u>간식</u>이 다 떨어졌네."
내가 마법 연필을 잡으며 말했어.
"다들 잘 봐, 내가 뭘 그리는지!"

쓱쓱!

휙휙!

짠!

"가짜 앤디들아!
'세상 어디에도 없는
특별한 샌드위치'를
만들어 줄래?"

"너랑 똑같은 복제 인간을 만드는 게, 과연 좋은 생각일까?"
모나는 얼굴을 찌푸리며 말했어.

"하지만 훨씬 더 많은 일을 할 수 있다는
장점이 있어! 쟤들이 나 대신 청소를 하거나,
할머니 댁에도 다녀올 수 있거든.
그럼 난 그 시간에 더 중요한 일을 할 수 있지.
예를 들면 오늘 **감마 가이즈** 예고편을
기다리는 일을 할 수 있다고!"

게다가, 갈수록 내 그림 실력도
좋아지고 있어.
얘 정말 나랑 똑같지 않아?

우끼끼! 우끼끼! 훌쩍!

멍!

흠…….

방금 콧물이가 그러는데,
형 조심하는 게 좋을 거래.
앤디가 많아서 좋을 게 하나도
없다는 거지! 감자도 같은 생각이고.

네가 진짜 동물들 말을
알아듣는다고?

나도 오스카와 원숭이,
그리고 강아지랑 같은 생각이야.
복제 인간을 너무 많이 만들고 있어!
좀 섬뜩하기도 하고…….

걱정하는 마음은 알겠어. 과유불급!
많다고 꼭 좋은 건 아니니까.
하지만 난 완벽한 인간이니까
많이 복제해도 되지 않을까?

자아도취 측정기: 기준치 초과!

또 시작이네!

"완벽한 게 또 있지. 자, 여기! 세상에서 가장 완벽한 샌드위치!
'세상 어디에도 없는 특별한 샌드위치'를 자세히 보여 줄게!"

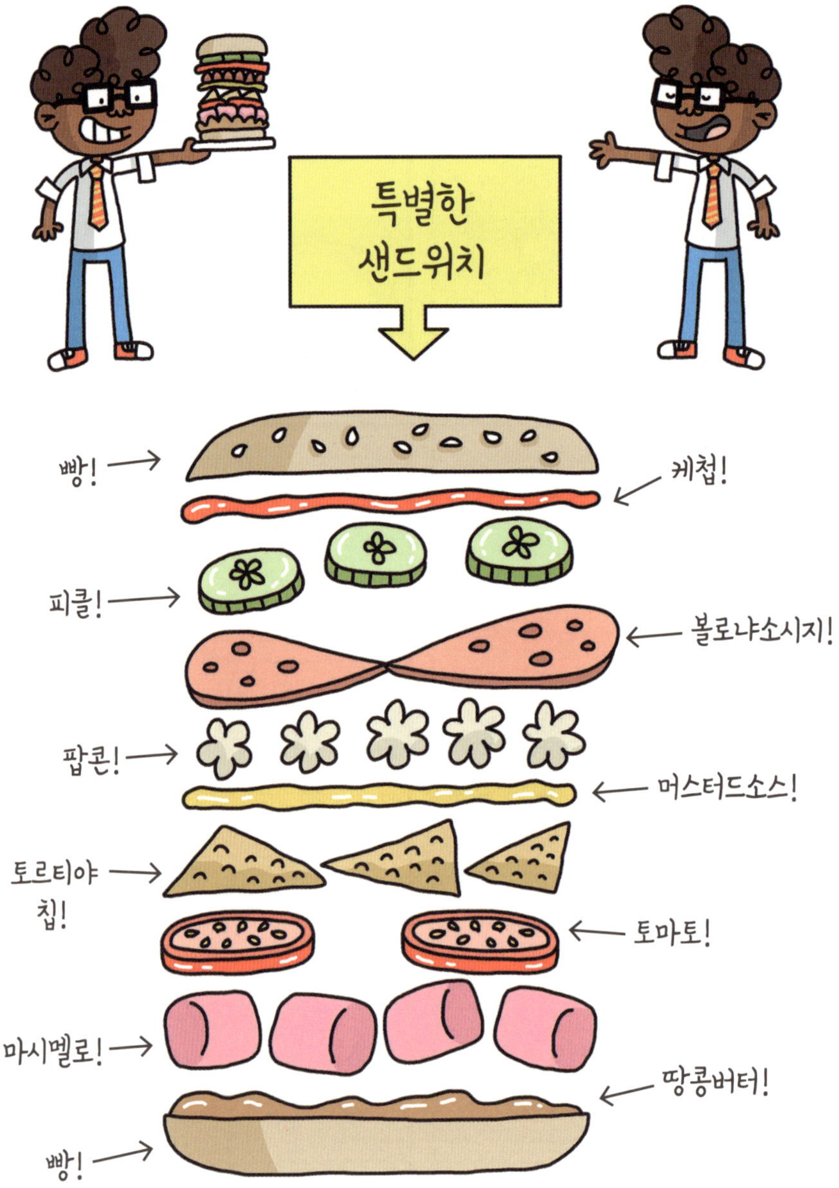

특별한
샌드위치

빵! →

← 케첩!

피클! →

← 볼로냐소시지!

팝콘! →

← 머스터드소스!

토르티야
칩! →

← 토마토!

마시멜로! →

← 땅콩버터!

빵! →

"이건 엄청 괴상한 샌드위치 같은데?"
모나가 질색했어.

"뭔가 아주 잘못됐어.
틀림없어!"
오스카도 말했지.

냠냠! 그나저나 연구소 일은 재미있어?

음.... 어, 재미있어!

참, 깜빡 잊을 뻔했네! 일급비밀 파일을 복사하다가 발견했어. 이것 좀 봐!

방사능 섬이야. 네 연필이….

마법 연필로 변한 곳이지! 그런데 이게 왜 그 연구소에 있지?

뭔가 **수상한** 일을 꾸미고 있는 게 분명해. 게다가 연구소에서 가장 똑똑한 슈퍼 스파이들이!

아, 콧물이 네가 스파이들을 감시하면 되겠다!

우끼끼!*

*통역: 더러워! 씻고 말해!

그건 나한테 맡겨! 내가 눈을 크게 뜨고 잘 지켜볼게! 내 친구 '커피 드론'만 있으면 돼!

삐빅!

"우끼끼! 훌쩍!
우끼끼!"

"누나, 콧물이가 그러는데 S.S.C.R.A.M.에서 물건을 훔치는 건 절대 안 된대.
거기엔 위험한 장치가 많은데 어느 정도냐면 정수기 안에 미사일이
있을지도 모른대!"
오스카가 콧물이의 말을 통역했어.

"알고 있어. 커피 드론을 잠시 빌려서
업그레이드만 할 생각이야!
게다가 커피를 배달하는 드론일 뿐이야!
위험할 게 뭐 있겠어…"

전투 모드 발동!
슉슉, 크르릉!

"안 돼, 위험해! 작동 취소!
후유, 내가 살짝 손보면 괜찮을 거야!"

난 모나와 오스카가 이야기하는 틈에 몰래 나와서
감마 가이즈 예고편을 보러 갔어. 드디어!

긴급 뉴스 속보입니다!

정체 모를 괴생명체가
마을 은행에 침입했습니다.

앤디!
서둘러!

뭐?

악당이
나타났대!

하지만 감마 가이즈 예고편이
곧 시작한단 말이야!

우끼끼!

"콧물이가 형 정말 한심하다고
전해 달래!" 오스카가 쏘아붙였어.

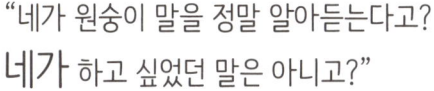

"네가 원숭이 말을 정말 알아듣는다고?
네가 하고 싶었던 말은 아니고?"

"우린 특별한 우정을 나눈 둘도 없는 친구야. 난 콧물이 마음까지 읽을 수 있어!"

"알았어, 알았다고! 히어로 슈트 입어야 하니까 비켜!" 난 짜증이 났어.

"훌쩍! 우끼끼!*"
*통역: 이번 일은 예감이 안 좋아!

 슈퍼 드웝 특공대 준비 완료!

슈퍼 드웝!　　　　　크레용 병정!　　　　콧물이와 감자!

"나도 준비 완료!" 모나도 말했어.
"커피 드론에 '모나 작동 모드'라는 새로운 기능을 추가했으니까,
난 여기에서 컴퓨터로 너희랑 실시간으로 연락할게."

모나 나왔다!
오버!

S.S.C.R.A.M.에서 다른 것들도
좀 빌려 올 수 있어?
가짜 앤디들에게도 멋진 스파이
슈트와 장비를 맞춰 주고 싶어!

내가 그 복제 인간들 소름 끼치고,
오싹하다고 말했잖아.
그리고 너한테 무기나 훔쳐 주려고
내가 비밀 연구소에서 일하는 게 아니라고!

하지만 넌 이미 커피 드론이랑
일급비밀 문서를 가져왔···.
아니, 빌려 왔잖아.

그 이야기 그만하라고!

어,
그래그래!

모두 **슈퍼 드윕카**에 올라타!

슈퍼 드윕카?
혹시 킥보드 말하는 거야?

응···.
맞아.

솔직히 킥보드로 출동하는 게 좀 창피하긴 해.
하지만 언젠가는 **제트기**를 탈 거야!
아니면 **슈퍼카!** 혹시 모르지, **제트카**로 출동하게 될지도!

이쯤에서 잠시 오스카가 부르는
슈퍼 드윕 주제곡을 감상해 볼래?

사건을 해결하기 위해 그림을 그리죠!
슈퍼 드윕!

지금 당장 그림이 필요한가요?
슈퍼 드윕!

슈퍼 드윕은 순식간에
악당들을 물리친답니다!

나 나 나 나 나 나아아아아!

용감하고 멋진
그는 바로
슈퍼 드윕!

"화장실에서 샤워를 하다가
갑자기 떠올라서 만든 노래야!"

그래! 바로 그거야!
그 자루들 안에 돈을 가득 채워!
시키는 대로 하지 않으면 내 종이접기 군대가
너희를 다 없애 버릴 거야!

꼴깍.

내 손가락 좀 봐!
저 종이에 베였어!

종이접기 악당이라고?

어떻게 종이가 살아 움직이는 거야?

드론 생중계!

26

어떻게 내가 이런 멋진 능력을 갖게 되었는지 궁금하다고?

물어본 적 없지만, 말해 봐!

어느 날, 학교에서 이상한 그림이 그려진 종이 한 묶음을 발견했지! 그 종이로 새를 접었는데 갑자기 살아 움직이는 진짜 새로 변한 거야!

앤디, 저 종이에 있는 그림들 네가 그린 거 아니야?

아, 이런! 맞아…. 아직 완성되지 않은 그림들이라 크게 움직이지는 못해도 약간의 힘은 가지고 있나 봐.

마법 연필이 가진 방사능 힘이 생각했던 것보다 더 큰 것 같아! 일단 연필로 그린 그림은 살아서 움직이고, 그림이 있던 종이는 플루토늄 방사선으로 가득 차게 돼.

우끼끼! 훌쩍!

콧물이가 그러는데 형이 조심성 없이 쓰레기를 버려서 이 난장판이 된 거래!

음, 마법 연필이 모든 것을 만들었다면 이 연필로 모든 것을 없앨 수도 있을 거야.

슈퍼 낙서하기!

앤디! 제발 정신 차려!

내 그림들이 제대로 움직이질 않아!

픽픽….

꾸르륵!

좋아, 그럼 두 번째 계획!
정수기가 위험할 수도 있다고 했던,
콧물이 말 기억해?

아하! 물! 종이는 물을 싫어하지!

번쩍!

이거나 받아라!

휘익!

축축!

29

"악당은 잡혔지만 내가 원한 건 이게 아니야." 난 속상한 마음에 툴툴댔어.

그때 커피 드론이 내 주위를 맴돌았고, 화면 속 모나가 말했어.
"마법 연필의 방사능이 종이에 남는 것도 걱정이지만
마법 연필이 왜 오작동을 했는지 그게 더 걱정이야."

내 생각에는 아무래도 마법 연필이 제대로 힘을 못 쓰는 것 같아.

그러니까, 앤디. 내가 '오작동'이라고 했잖아. 뭐가 잘못된 건지 몇 가지 테스트를 해 볼게!

이대로 가다간 또 다른 문제가 생길 거야.

룰루랄랄라!

탁탁!

아, 가짜 앤디구나! 음료수 좀 가져다줄래?

오호!

난 진짜 앤디야! 가짜 앤디가 아니라고! 내가 그림을 너무 잘 그려서 구별이 안 되지?

잠깐, 네가 진짜 앤디라면….

조금 전에 종이접기 악당과 싸우던 그 앤디는 누구야?

헤헤! 사실은 내가 가짜야!

사건 현장에 가짜 앤디를 보냈다고?

그게…. 감마 가이즈 예고편을 꼭 보고 싶어서….

앤디, 너 지금 무슨 짓을 했는지 알기나 해? 네가 만든 가짜 앤디가 마법 연필을 가지고 있다고!

좋은 소식은 아니네….

중요한 건 그게 아니야! 그 가짜 앤디가 자기랑 똑같은 또 다른 앤디를 그릴 수 있다는 거잖아. 큰일 났다고!

모나, 걔는 그냥 멍청한 그림일 뿐이야! 어쨌든 가짜 앤디는 곧 사라질 거고!

이제 그만해! 네가 귀찮고 하기 싫은 일들만 대신해야 하는 거, 정말 지긋지긋해!

너 대신 청소하고, 할머니 댁에 가고, 끝도 없이 샌드위치를 만들고, 악당과 싸우기까지 했는데 고맙다고 한 적 있어? 한 번도 없잖아!

이제 더는 못 참아! 마법 연필의 힘이 좀 약해지긴 했지만….

끄적 끄적!

탈출용 로켓은 그릴 수 있지!

도대체 이게 무슨 일이야?

우끼끼!

멍!

그거 알아? 내가 모든 면에서
진짜 앤디보다 낫다는 거!
난 너희 도움 따위 필요 없거든!

발사!

휭!

이제 어떡하지?

그러게! **진짜 앤디**, 네가 말해 봐!
이제 우리 어떡해?

꿀꺽!

3. 눈앞에 닥친 위기

모두가 나에게 **화가 아주 많이** 난 건 당연했어.

"그래도 어쨌든 이 일로 연필에 대한
또 다른 비밀을 알게 됐어."
모나가 이를 악물며 말했어.

"**별일** 없을 거야."
기어들어 가는 목소리로 내가 말했지.

"앤디, 네가 그린 가짜 연필을 가짜 앤디가 가지고 있고,
그 연필로도 마법을 부릴 수 있어.
가짜 앤디는 지금 <u>화가 많이 나 있고!</u>"
모나가 말했어.

"우끼끼! 우끼끼!"
콧물이가 흥분해서 소리쳤어.

"가짜 앤디가 어둠의 군대를 만들어서
쳐들어올 것 같으니까 기도라도 하래."
오스카가 콧물이의 말을 통역해 주었지.

자, 지금부터
**모나와 함께하는
마법 연필 탐구 시간**이야!

잘 들어, 이게 바로 지금까지 우리가 알고 있던 마법 연필이야.

* 마법 연필로 그림을 그리면 그림이 살아 움직인다!
* 그림이 살아 움직이는 시간은 10분 정도이다.
* 그림에게 흑연을 먹이면 좀 더 오래 살아 있다.
* 마법 연필이 악당의 손에 들어가면 **끔찍한** 일이 생긴다.

그런데 우리가 모르고 있던 사실들이 있어!

마법 연필로 그린 그림을 지운 지우개 부스러기에도
마법의 힘이 남아 있어!

심지어 마법 연필로 그림을 그린 종이에도
마법의 힘이 있고!

그리고 이 연필로 똑같은 마법 연필을 그릴 수도 있어!

"가장 무서운 건 가짜 앤디가 가짜 마법 연필을 가지고
있다는 거야!"

35

"설마…. 구, 군대까지
만들어 오지는 않을 거야!"
난 쩔쩔매며 더듬거렸어.

"가짜 앤디가 우주에서 흑연이라도 발견하게 되면
정말 끔찍한 일이 생길 거야. 그렇게 되지 않기만을 기도해야지.
그 애는 책임감 없이 귀찮은 일은 다 시키는 너한테 정말 화가 났을 거야.
솔직히 난 그 마음도 이해는 가!"
모나가 심각한 표정으로 말했어.

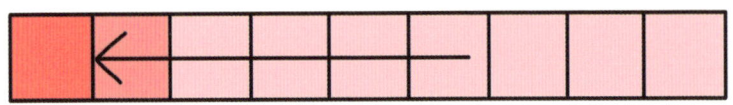

자아도취 측정기

"게다가 진짜 마법 연필은
점점 닳아 없어지고 있어!
가짜 앤디가 복수라도 하러 오면
형은 정말 큰일이다!"
오스카가 말했어.

"그 녀석이 군대를 데리고 올 거야! 우리도 대비해야지!"
나는 겁에 질려 소리를 질렀어.

"빨리빨리 그리자! 나도 군대가 필요해!"

덜컹!

덜커덩!

로켓의 움직임이 이상해!
연료를 찾아야 하는데!

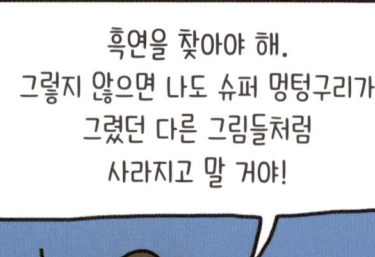

흑연을 찾아야 해.
그렇지 않으면 나도 슈퍼 멍텅구리가
그렸던 다른 그림들처럼
사라지고 말 거야!

으아!
뻔뻔한
녀석!

재수 없는 녀석! 자기가 최고인 줄 알지?
잘난 척한 벌을 받게 될 거야!

누가 진짜 최고인지 보여 주겠어!

나야, 나!

그건
바로 나!

쿵!

오호! 우주 정거장이 저기 있네!

외계인 아저씨!
연필은 어디서 팔아요?

연필? 그림 그리는 막대기?

미안, 그런 건 여기에서 안 팔아!

안 돼요! 흑연을 찾아야 해요!

아, 흑연!

저기 지나가는 별똥별이
흑연으로 이루어져 있지!

이 흑연을 다 먹고 나면,
누구도 내가 만든 군대를 막을 수 없어!

악의 기운이
가득한
그림들!

이 구질구질한 히어로 슈트도 버려야지.
더 멋진 걸로 갈아입을 거야!

앙탕 스타일로
휘리릭!

큭큭! 조심하는 게 좋을 거야, 슈퍼 드윕! 다 같이 널 잡으러 갈 거니까!

4. 어둠의 신전

"잠깐만, 앤디. 가짜 마법 연필이 진짜 마법 연필의 힘을 빼앗고 있는 거 같아. 이제 그림을 그려 봤자 그림은 제대로 움직이지 않을 거야."
모나가 말했어.

"그럼 이제 방법이 없는 걸까?"
나는 눈물이 났어.

모나는 주머니에서 종이 한 장을 꺼냈어.
"S.S.C.R.A.M.에서 발견한 이 비밀문서 기억나?
지도에 그려진 섬 어딘가에
마법 연필깎이가 있는 것 같아!"

모두 암호로 쓰여 있지만 난 해독할 수 있어!

난 최고의 해커니까!

암호만 해독하면 S.S.C.R.A.M.의 비밀 암호 스프레드시트에 접속할 수 있어!

그곳은 모든 암호를 스프레드시트에 보관하거든.

오, 그래?

내가 비밀문서의 지도를 업로드하고 암호를 컴퓨터에 입력하면⋯.

제발⋯. 오! 해독 성공!

헉, 저기! 내 연필이 변했던 그 방사능 섬이잖아!

방사능 섬 옆에 있는 섬의 북쪽으로 올라가면 으스스해 보이는 신전이 있는데, 그 안에 마법 연필깎이가 있어!

이상할 정도로 일이 술술 풀리는데!

심지어 사진까지 있어!

43

"연필깎이가 어떻게 생겼는지는 모르겠지만,
왠지 신전 안에 있을 것 같아." 모나가 말했어.

"그런데 모나, 너 연구소에서
<u>일급비밀</u> 문서를 처리하는 일을 하잖아.
그런데 지금에서야 이 사실을 알게 된 거야?"
내가 물었어.

"어…. 그러니까, 그게 있지….
솔직히 거기서 난 그냥 복사기나 다름없어.
기대했던 것만큼 근사한 일을 하는 게 아니야.
창피해서 너에게 말하고 싶지 않았고."

"모나, 넌 내가 아는 사람 중에 가장 똑똑하고 멋있어!
연구소에서 무슨 일을 하든 상관없다고!
네가 지금 뭘 **알아냈는지 봐!**"

"고마워, 앤디! 그 이야기는 나중에 다시 하자.
지금은 우선 계획을 세워야 해! 이렇게 하면 어떨까?
난 콧물이와 감자를 데리고 연필깎이를 찾아볼게.
너랑 오스카는 내가 돌아올 때까지
가짜 앤디의 정신을 흐트러뜨릴 그림을 준비해 줘!"

"형이 그린 그림이 흐물거리면 필통에 있는 내 연필들을 먹일게.
그럼 더 오래 움직일 수 있을지도 몰라!" 오스카가 말했어.

"우리에겐 다 계획이 있지!"

슈퍼 드웜 하이 파이브!

선착장

동데크 선장님!

어라? 얼마 전에 현장 학습 왔었던 이상한 아이구나!

저희가 최대한 빨리 이 섬으로 가야 하는데 태워 주실 수 있나요?

아, 너희 폭탄 섬을 찾고 있구나! 좋아, 내가 데려다주마! 그 대신 먼저….

주의 사항부터 듣고!

휴! 네, 좋아요.

아하! 내가 거기까진 생각을 못 했구나! 네 말대로 섬 반대편으로 데려다주마! 그럼 그 끔찍한 것들을 안 보고 신전으로 곧장 갈 수 있을 거야!

우끼끼! 훌쩍!

내 말이 그 말이야! 처음부터 그렇게 말해 주시지, 시간만 낭비했어!

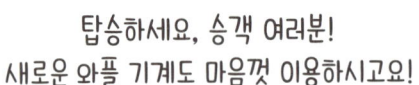

탑승하세요, 승객 여러분! 새로운 와플 기계도 마음껏 이용하시고요!

잠시 후

거의 다 도착했다! 그런데 폭탄 섬에는 무슨 일로 가는 거지?

아, 그냥 어떤 유물을 좀 찾으려고요.

자, 보렴! 저곳이 폭탄 섬이란다!

우아!

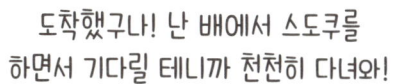

도착했구나! 난 배에서 스도쿠를
하면서 기다릴 테니까 천천히 다녀와!

감사합니다!

얘들아, 신전부터 확인해 보자!

우아, 정말 멋지다!

으악! 음, 그다지 멋지지 않을 수도….

그런데 내가 대왕 오징어와 싸웠던 이야기를 했던가?

잠깐, 방사능 섬에 있는 저 사람들은 뭐지?

확대 중!

혁, S.S.C.R.A.M.!

S.S.C.R.A.M.

이 사건은 나중에 '슈퍼 드웝'의 또 다른 이야기가 될지도 몰라!

찰칵!

지금은 앤디가 기다리는 중이니까 빨리 가야 해!

5. 진짜 앤디 vs. 가짜 앤디

다시 앤디네 집

"으악, 저기
가짜 앤디가 오는 거 같아!"
오스카가 소리쳤어.

"집 안을 다 뒤져서 찾은 연필이
겨우 이것뿐이야.
제발 그림들이 이걸 먹고
더 오래 움직여 주면 좋겠는데!"

걱정하지 마, 형! 우린 할 수 있어!
아무리 강하고 나쁜 녀석이라도
우리가 이겨! 복제 인간이 형처럼
멍청하다면 더 쉽게 이길 거야!

"말이 좀 심한데?
어쨌든 무슨 뜻인지 알겠어, 오스카.
한번 해보자!"

후후, 드디어 만났군. 슈퍼 드윕!

내가 너보다는 낫지!

으으! 넌 그냥 내가 만든 가짜일 뿐이야.

모든 면에서 내가 너보다 낫잖아. 곧 내가 그린 '어둠의 군대'가 네 엉덩이를 걷어찰 테니 기대해!

그건 두고 봐야지!

얼른 그림을 그려야겠어!

파이팅, 마법 연필! 힘들어도 최선을 다해 줘!

휘청!

덤벼!

오스카, 연필이 완전히 뭉툭해졌어.
그림을 더 그릴 수가 없어!
모나는 아직 연락이 없는 거야?

응, 없어. 그림들에게 먹일 연필도
이제 더 없고!

저 녀석들을 정신없게 만들 뭔가가
필요한데!

좋은 생각이 있어!

내가 하자는
대로만 해!

탁!

그럼, 그럼! 형 말이 맞고말고!
저 가짜 녀석은 절대 못할 거야!

내가 뭘 못한다는 거야?
난 뭐든지 앤디보다 더 잘해!

'세상 어디에도 없는 특별한 샌드위치'를 네가 만들 수 있다고?

그야 물론이지! 앤디가 먹을 샌드위치를 매일 내가 만들었던 거 몰라?

그렇긴 하지. 그런데 그게 정말 '세상 어디에도 없는 특별한 샌드위치' 였을까?

분노 폭발 전!

샌드위치 재료 가져와! 지금 당장!

넌 천재야, 오스카! 가짜 앤디는 자존심을 건드리면 무조건 걸려들거든!

모나, 제발 서둘러!

참가자 두 분은 각자 만든
샌드위치를 보여 주세요!
제가 샌드위치를 먹어 보고
심사하겠습니다!

앤디의 샌드위치부터 먹어 볼게요!

냠냠! 식감이 좋네요! 맛있어요!

자, 이제 '나쁜 앤디'···. 아, 미안해요.
제가 이름을 몰라서!

쩝쩝! 머스터드소스 양도 적당하고!
토르티야 칩을 많이 넣어서 아주 고소하네요!

58

펑!

이리 내놔!

휙!

뿌직!

산산조각!

안 돼, 내 연필!

꼴좋다! 너 그럴 줄 알았어!

정말 너무해! 처음부터 나쁜 짓을
할 생각은 없었다고!
네가 시키는 대로만 하는
심부름꾼이 되기 싫었을 뿐이야!

난 단지 너랑 '지하 감옥&도넛'
게임을 하고 싶었어.
감마 가이즈 예고편도 같이 보고 싶었고!

아, 이런! 미안해서 어쩌지!
모두 내 잘못이야!

어휴!
너도
속상하겠다!

61

"이번 일은 모두 내 잘못이야! 내가 만든 친구를
괴물로 만들어 버렸어! 마치 내가 대단한 영웅이 된 것만 같았고
잘난 척하고 싶은 마음이 앞섰어…." 나는 죄책감이 들었어.

"우리가 한 팀이 되어 힘을 합쳤더라면 좋았을 텐데….
왜 그 생각을 못 했을까?" 가짜 앤디도 후회했어.

감마 가이즈
251번째
이야기처럼!

앗, 미안해!
우리 이제 똑같이 말하고
똑같이 행동하는 건
그만해야 할 것 같아!

단, 슈퍼 드윕을
도울 때는
똑같아져야지!

약속!

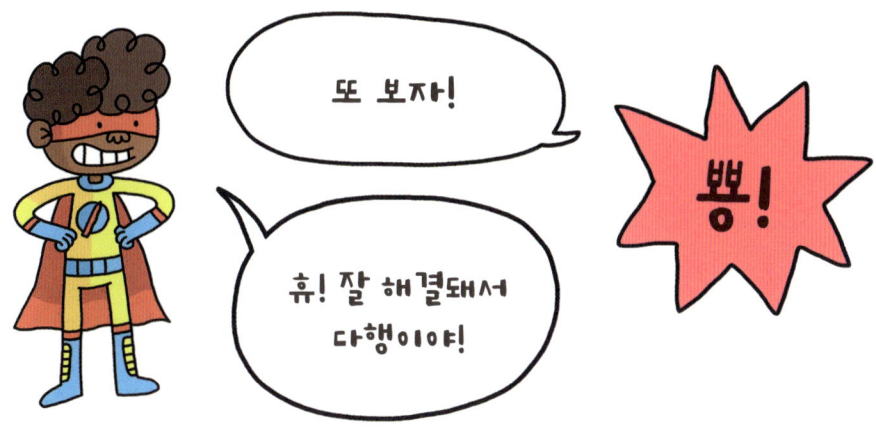

"운이 좋았을 뿐이야. 최악의 상황은 피할 수 있을 거라고
예상했지만, 생각보다 일이 잘 풀렸어."
모나가 단호하게 말했어.

"난 이번에도 배우고 느낀 게 많아."
내가 말했어.

"형이 그린 그림이라고 너무 당연하게
함부로 대하지 않기! 맞지?"
오스카가 물었어.

"어, 그것도 맞는 말이지만, 저기 떨어진 별똥별 때문에
엄마한테 혼나기 전에 도망가야 한다는 것도 느꼈지!
우선 빨리 나가자!"

"우끼끼!" 콧물이가 대답했어.

우리는 모나네 집에 가서 '지하 감옥&도넛' 게임을
다시 시작하기로 했어.

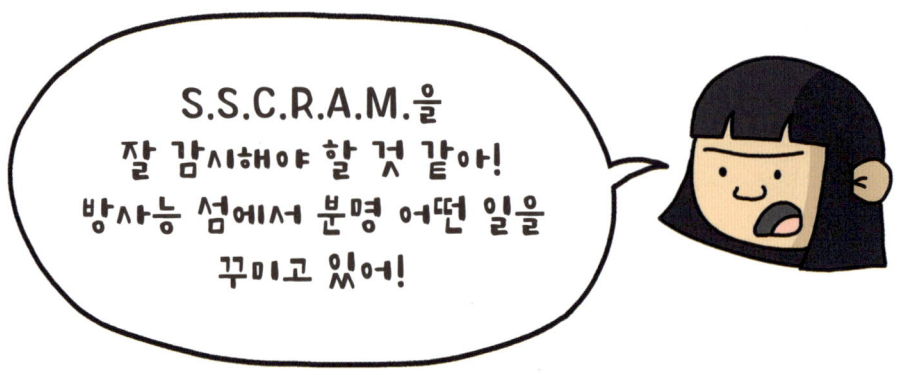

S.S.C.R.A.M.을
잘 감시해야 할 것 같아!
방사능 섬에서 분명 어떤 일을
꾸미고 있어!

"거기서 일하는 건 그만둘 생각이야?" 내가 물었어.

"아니, 절대! 더 적극적으로 일할 거야!
열심히 복사하면서 아무것도 모르는 척해야지!
누구도 날 절대 의심하지 못하게 말이야." 모나가 말했어

진짜 스파이 같은데!
대단해!

스파이보다
훨씬 대단한 거지!
스파이를 감시하는
'스파이'니까!

"다들 알지? 우리는 최고의 팀이라는 거!
우리에겐 슈퍼 드윕이 있고….."

"비밀 요원도 있고!"

"조수도 있고!"

"원숭이랑!"

"강아지도 있지!"

"그리고 이제부터 내가
직접 맛있는 간식을 만들어 줄게!
가짜 앤디의 도움 없이 말이야!"
난 자신 있게 약속했어.

"딱 하나만 부탁할게, 앤디!"
모나가 입을 열었어.

"제발 그 '세상 어디에도 없는
특별한 샌드위치'는
만들지 마. 너무 징그러워."

"난 그거 맛있었어.
가짜 앤디처럼 똑같이 만들어 줘!"
오스카가 말했지.

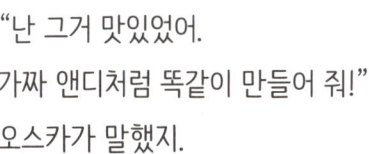